U0065573

這本書的主人是：

....

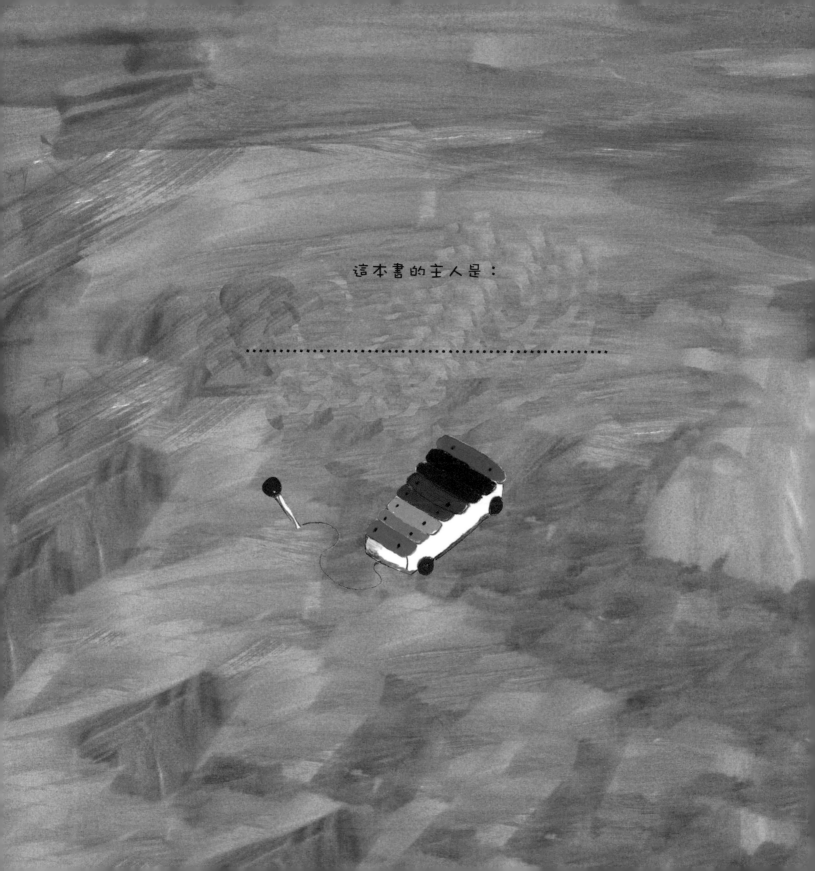

分享

文｜安喜亞·賽門絲

圖｜喬治雅·博琪

譯｜賴嘉綾、陳秋彤

獻給我那從未對媽媽失去信心的兒子 亨利

以及瑪蘭琦‧朵兒

如果沒有妳的「分享」就不會有這本書

——安喜亞‧賽門絲（Anthea Simmons）

我愛我的毛茸茸泰迪熊，

可是寶寶
也想要。

「一起玩。」媽媽說……

……好，我們一起玩。

結果我的
泰迪熊
被食物沾得
黏答答。

我愛我的動物圖畫書，
可是寶寶也想要。

「一起看。」媽媽說……

……好，我們一起看。

現在書被折得爛爛的，
每頁都像抹了膠水。

我愛我的數字拼圖，
可是寶寶也想要。

「一起玩。」
媽媽說……

……好，我們一起玩。

現在拼圖
亂七八糟，
每片都被
嚼了又嚼。

我愛我的小被被，
可是寶寶也想要。

「一起用。」

媽媽說……

……好ㄏㄠˇ，我ㄨㄛˇ們ㄇㄣ˙一ㄧ起ㄑㄧˇ用ㄩㄥˋ。

現ㄒㄧㄢˋ在ㄗㄞˋ我ㄨㄛˇ的ㄉㄜ˙小ㄒㄧㄠˇ被ㄅㄟˋ被ㄅㄟˋ好ㄏㄠˇ噁ㄜˇ心ㄒㄧㄣ，
沾ㄓㄢ滿ㄇㄢˇ了ㄌㄜ˙口ㄎㄡˇ水ㄕㄨㄟˇ。

這是我最喜歡的點心，
不知道寶寶要不要？

「一起吃嗎？」我問媽媽……

……好，我們一起吃。

可是寶寶不能吃鬆餅，
他沒牙齒咬不動。

我用我的牛杯杯，
不知道寶寶要不要？
「一起喝嗎？」我問媽媽……

……好，我們一起喝。

可是寶寶不會用杯子，
他喝得全身溼淋淋。

我在畫架上畫圖，
寶寶也想要。

「一起畫嗎？」我問媽媽……

……好，我們一起畫。

寶寶的手和腳，連頭髮都是藍藍的顏料。

我想要洗個泡泡澡，
寶寶也想要。

「一起泡嗎？」我問媽媽……
……好，我們一起泡。

現在我們都乾乾淨淨，
暖呼呼的想睡覺。

寶寶在我的床上，
我也想要湊一腳。

「一起ㄑㄧˇ？」寶ㄅㄠˇ寶ㄅㄠˇ笑ㄒㄧㄠˋ……
我ㄨㄛˇ們ㄇㄣ一起ㄑㄧˇ睡ㄕㄨㄟˋ。

和弟弟在一起，
有一種舒服又特別的感覺，
我們一直笑、笑、笑！

我ㄨㄛ愛ㄞ他ㄊㄚ，真ㄓㄣ的ㄉㄜ很ㄏㄣ愛ㄞ他ㄊㄚ！
媽ㄇㄚ媽ㄇㄚ進ㄐㄧㄣ來ㄌㄞ抱ㄅㄠ抱ㄅㄠ我ㄨㄛ們ㄇㄣ，我ㄨㄛ們ㄇㄣ也ㄧㄝ抱ㄅㄠ抱ㄅㄠ她ㄊㄚ，
「我ㄨㄛ們ㄇㄣ一ㄧ起ㄑㄧ分ㄈㄣ享ㄒㄧㄤ媽ㄇㄚ媽ㄇㄚ，好ㄏㄠ嗎ㄇㄚ？」

當──然──嘍！

分享愛‧愛分享
一起擁抱成長中的美好時光

文／蒙特梭利教育專家　羅寶鴻

孩子不願意分享是不是很自私？成人該如何引導，才能讓孩子擁有「分享」的好品格？
蒙特梭利教育專家羅寶鴻從教學經驗出發，建議父母先釐清以下幾個觀念：

發展尚未到，孩子「不願分享」很正常

要求孩子「分享」前，要先考量孩子的年齡。例如 5、6 歲的孩子，由於已經開始發展社會化，比較能「將心比心」；3 歲以下的孩子，則還在發展對環境的定位、秩序與安全感，物權觀念尚不明確，因此不樂於分享，甚至會搶別人的玩具。這時請家長不用太緊張，他並不是「自私霸道沒禮貌」，只是「成熟階段還沒到」。
此外，在孩子還無法理解「分享」的觀念之前，別強迫他必須要分享，甚至用：「你如果不分享，就是自私、不大方」的觀念來灌輸孩子，這是不正確的。

分享與否，決定權在於孩子

大人也會有不願意和他人分享的東西，將心比心，其實孩子也一樣。每個人都有權力決定是否分享自己的物品，如果您的孩子在玩玩具時不想借給別人，這也是應該要允許的，因為，在不情願的狀況下被迫分享，不但會削弱孩子的自我價值感，也並非美德培養的方式，家長要做的是，去體諒孩子不想分享的心情。

沒有物品所有權，給了別人也不能說是分享

當家長要求「大的要讓小的」，不聽話就給予相應處罰時，代表玩具的所有權是家長的，孩子不會在過程中學到「分享」，只會感受到屈服的「委屈」。

面對這樣的問題，比較好的做法是，跟孩子 A 說：「等你玩完之後，再跟孩子 B『分享』」讓孩子學習「要玩就要輪流等待」，同時嘗試轉移孩子 B 的注意力，請他先去玩別的東西。每個孩子都需要更多與他人互動的經驗值，家長必須循序漸進。

培養分享美德，要先從願意分享的物品開始

當孩子心甘情願，釐清並接納分享的概念之後，分享的行為才會達到教育意義。

家長可以先與孩子討論，哪些玩具是願意分享給朋友的？哪些是不想分享的？跟其他孩子玩時，就可以把願意分享的玩具讓給其他孩子。

學習分享的過程中，最重要的是讓孩子覺得「這是公平的」，並出於自己的意願，這樣才會慢慢學到如何分享。

與此同時，若家長能多給予即時、誠懇、具體的鼓勵，將增長孩子的歸屬感與價值感。

幫助孩子了解「約定」的重要性

如果家長曾與孩子討論且約定過，但當下孩子強烈抗拒分享，建議要幫助孩子了解，約定不能高興就遵守，不高興就不遵守，並引導他將之前說可以分享的玩具讓其他孩子使用。當然，他還是可以玩他願意分享的玩具，在沒有其他孩子使用時。

這時候大人要注意的是：

① 安定自己內心：大人須先安頓好自己的內心，再處理孩子的情緒。

② 了解這是常有的事情：孩子年紀還小，不要把他當下行為解讀成「自私」，他只是尚未學會「大方」。

③ 同理但不處理：同理孩子情緒，但當下不要一直跟他講道理。

④ 轉移他的注意力：引導他玩其他的玩具。

⑤ 不要坐以待斃：若孩子情緒一直無法恢復，可以先帶離現場，等恢復後再回來跟其他孩子一起玩。

作者｜安喜亞‧賽門絲

畢業於牛津大學英國文學系，曾在大城市裡努力工作 23 年，2001 年轉任英文教師，
全心投入劇本寫作，並為兒童改寫莎士比亞作品。目前住在英國德文郡，熱衷於繪畫創作。

繪者｜喬治雅‧博琪

喜歡貓頭鷹， 更愛爬樹，來自充滿藝術氣息的家庭，
祖父為英國童書界資深出版人，曾和祖母開設畫室，因此從小耳濡目染愛上繪畫。
1996 年畢業於英國布萊頓大學，繪有許多嬰幼兒圖畫書，
獲得多項童書大獎，其中《Peepo Baby》、《The Big Night Night book》兩本書
還獲得英國公益組織「圖書信託基金會」（Booktrust）青睞，
選入「Bookstart 閱讀起步走」嬰兒免費贈書計劃。

譯者｜賴嘉綾、陳秋彤

賴嘉綾，作家、繪本評論人。西雅圖華盛頓大學環境科學與工程碩士。
在地合作社 ThePlayGrounD 創辦人，從用繪本帶小孩、交朋友、過生活，
到成為致力推廣閱讀的繪本職人。
部落格：Too Many PictureBooks!
專欄： Okapi 主題繪本控
陳秋彤，英國科陶爾藝術學院藝術史學士，劍橋政治經濟學碩士。
從小看繪本比吃飯快，希望成為全世界最棒的小姐姐，
很開心能與媽咪一起翻譯了這本暢銷的繪本。

國家圖書館出版品預行編目 (CIP) 資料

分享 / 安喜亞.賽門絲(Anthea Simmons)文 ; 喬治雅
.博琪(Georgie Birkett)圖 ; 賴嘉綾, 陳秋彤譯. -- 第二
版. -- 臺北市 : 親子天下股份有限公司, 2024.07
36 面 ; 23*22.5 公分. -- (繪本 ; 322)
國語注音
譯自 : Share!
ISBN 978-626-305-981-8(精裝)
1.SHTB: 親情--3-6 歲幼兒讀物

873.599   113007495

繪本 0322

分享

文 | 安喜亞 · 賽門絲（Anthea Simmons） 圖 | 喬治雅 · 博琪（Georgie Birkett） 譯 | 賴嘉綾、陳秋彤
責任編輯 | 張文婷、陳婕瑜、張佑旭　美術設計 | 陳珮甄　行銷企劃 | 張家綺

天下雜誌群創辦人 | 殷允芃　董事長兼執行長 | 何琦瑜
兒童產品事業群
副總經理 | 林彥傑　總編輯 | 林欣靜　行銷總監 | 林育菁　資深主編 | 蔡忠琦　版權主任 | 何晨瑋、黃微真

出版者 | 親子天下股份有限公司　地址 | 台北市 104 建國北路一段 96 號 4 樓　電話 | (02)2509-2800　傳真 | (02)2509-2462　網址 | www.parenting.com.tw
讀者服務專線 | (02)2662-0332　週一～週五 : 09:00~17:30　傳真 | (02)2662-6048　客服信箱 | parenting@cw.com.tw
法律顧問 | 台英國際商務法律事務所 · 羅明通律師　製版印刷 | 中原造像股份有限公司　總經銷 | 大和圖書有限公司 電話：(02)8990-2588

出版日期 | 2010 年 11 月第一版第一次印行
2024 年 7 月第二版第一次印行
定價 | 320 元　書號 | BKKP0322P　ISBN | 978-626-305-981-8（精裝）

———————— 訂購服務 ————————
親子天下 Shopping | shopping.parenting.com.tw
海外 · 大量訂購 | parenting@cw.com.tw
書香花園 | 台北市建國北路二段 6 巷 11 號　電話 | (02) 2506-1635
劃撥帳號 | 50331356　親子天下股份有限公司

立即購買 >